NOSSO LAR

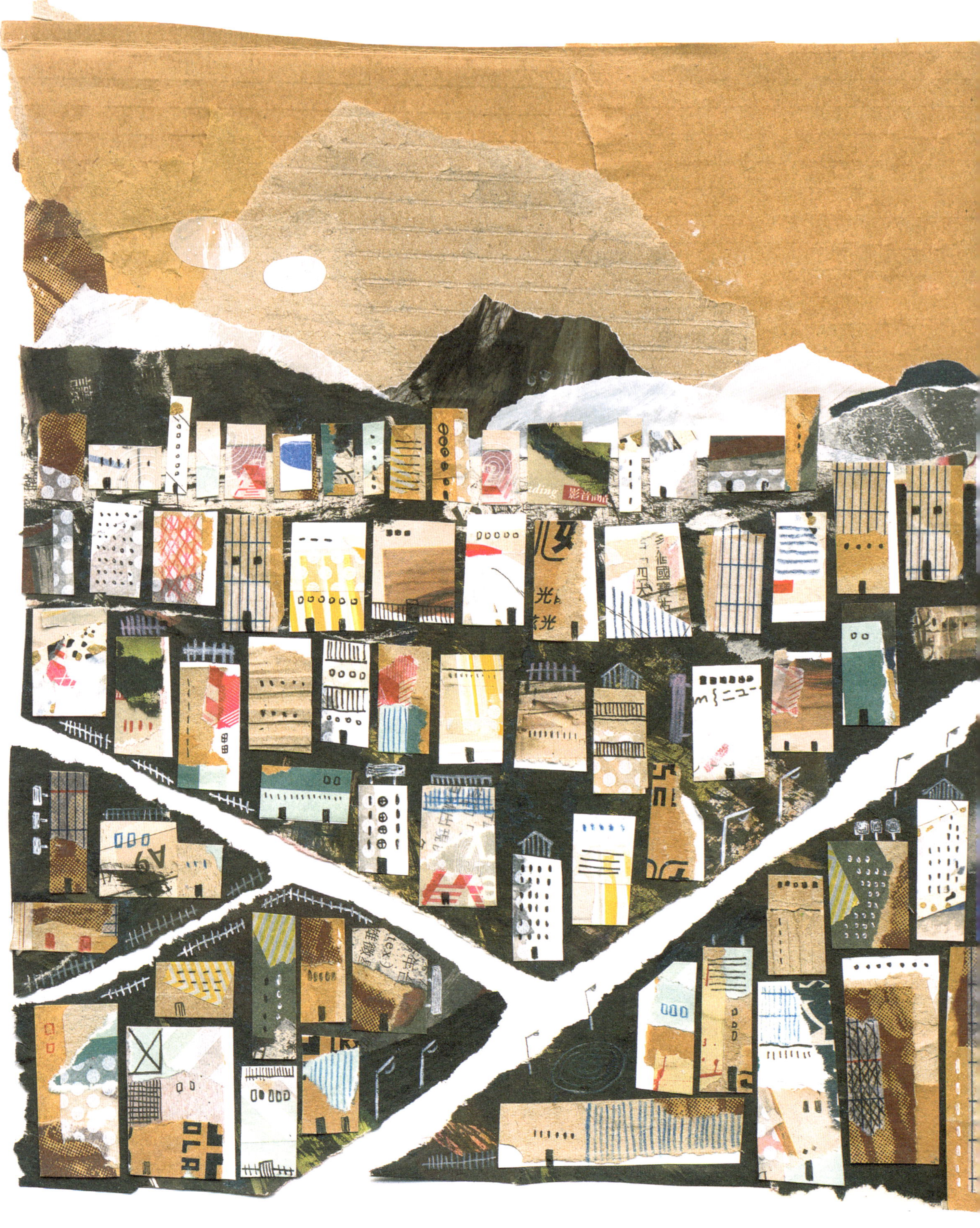

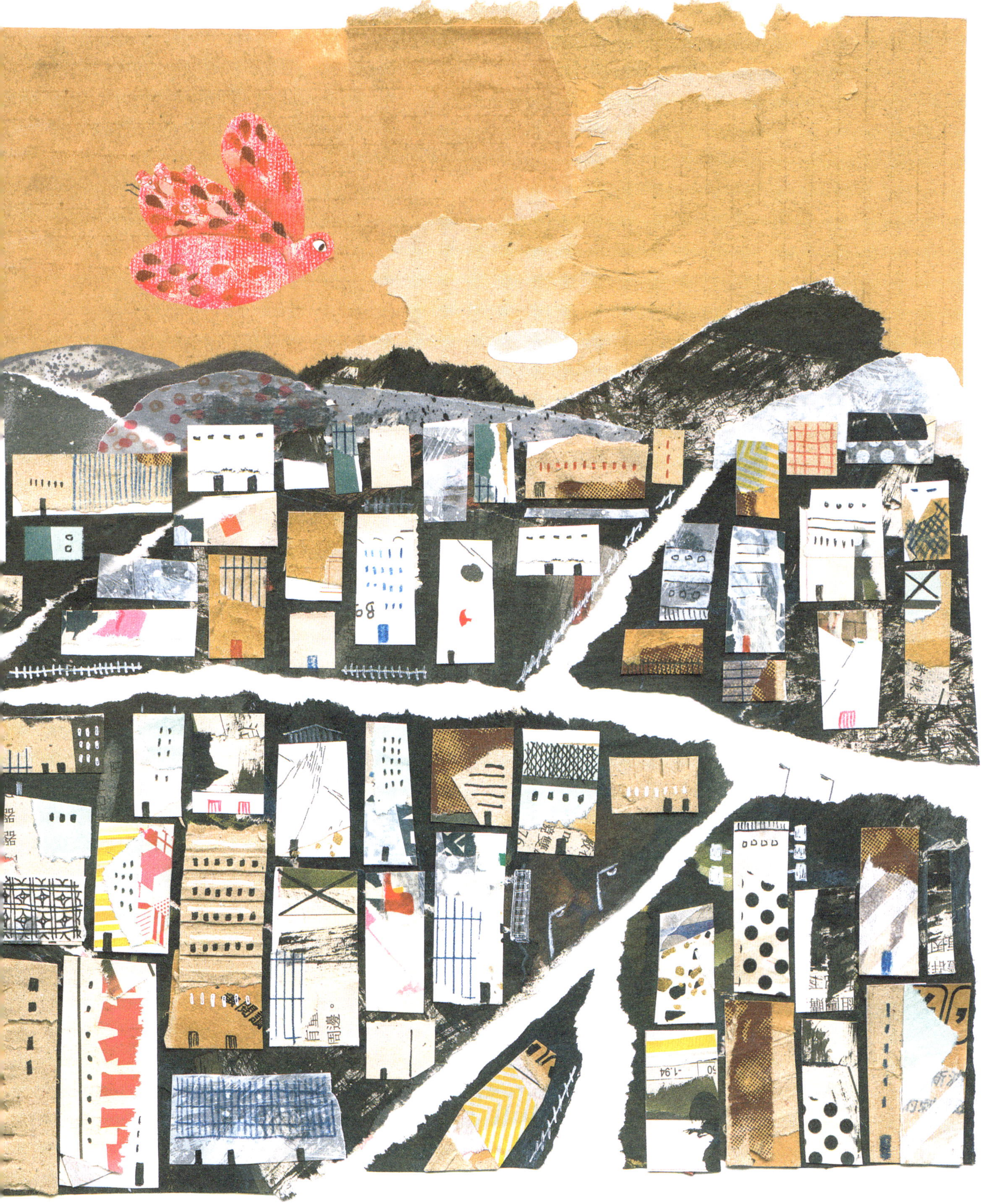

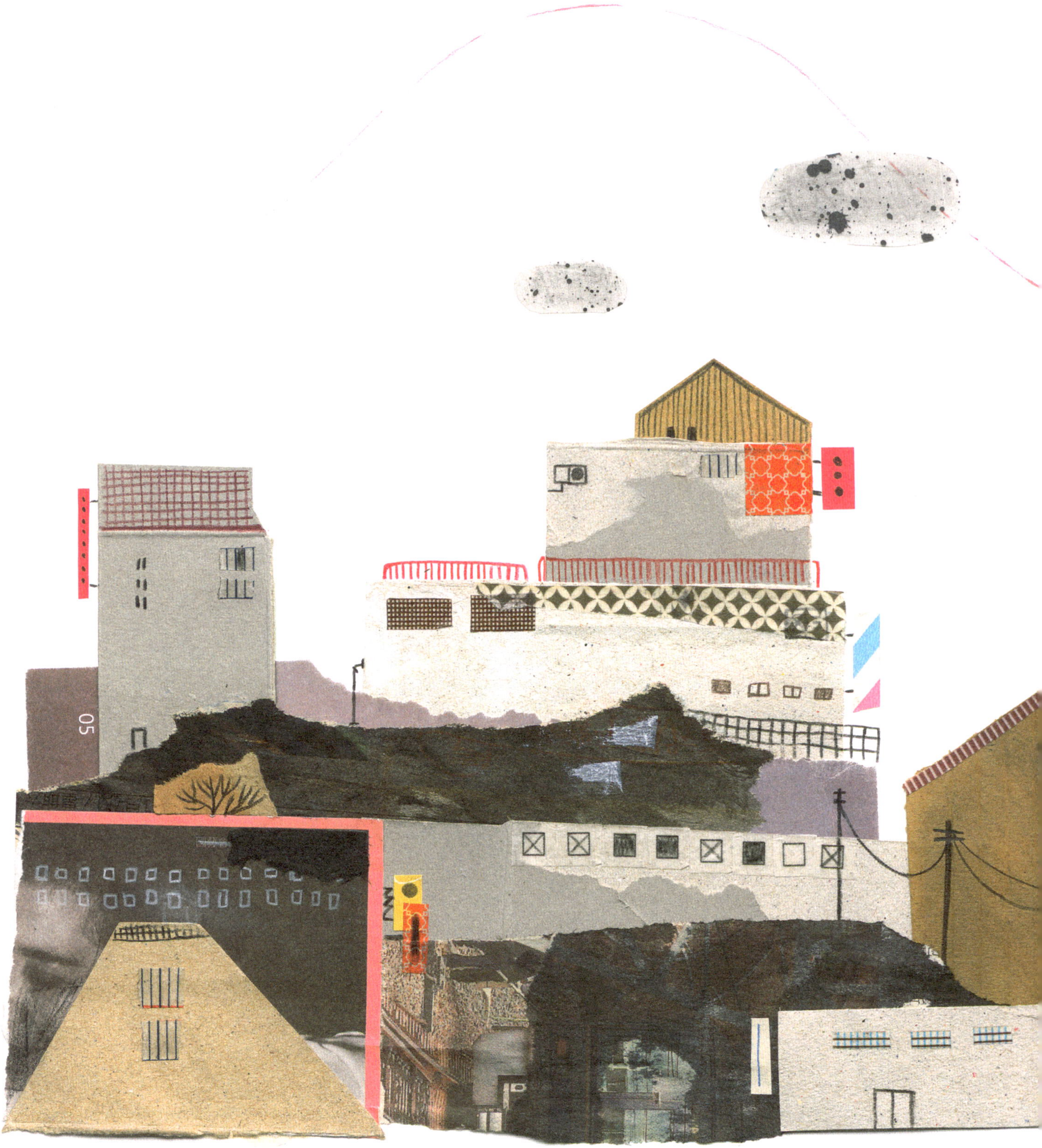

LIN LIAN-EN
NOSSO LAR

wmf martinsfontes

ESTE É O NOSSO LAR.

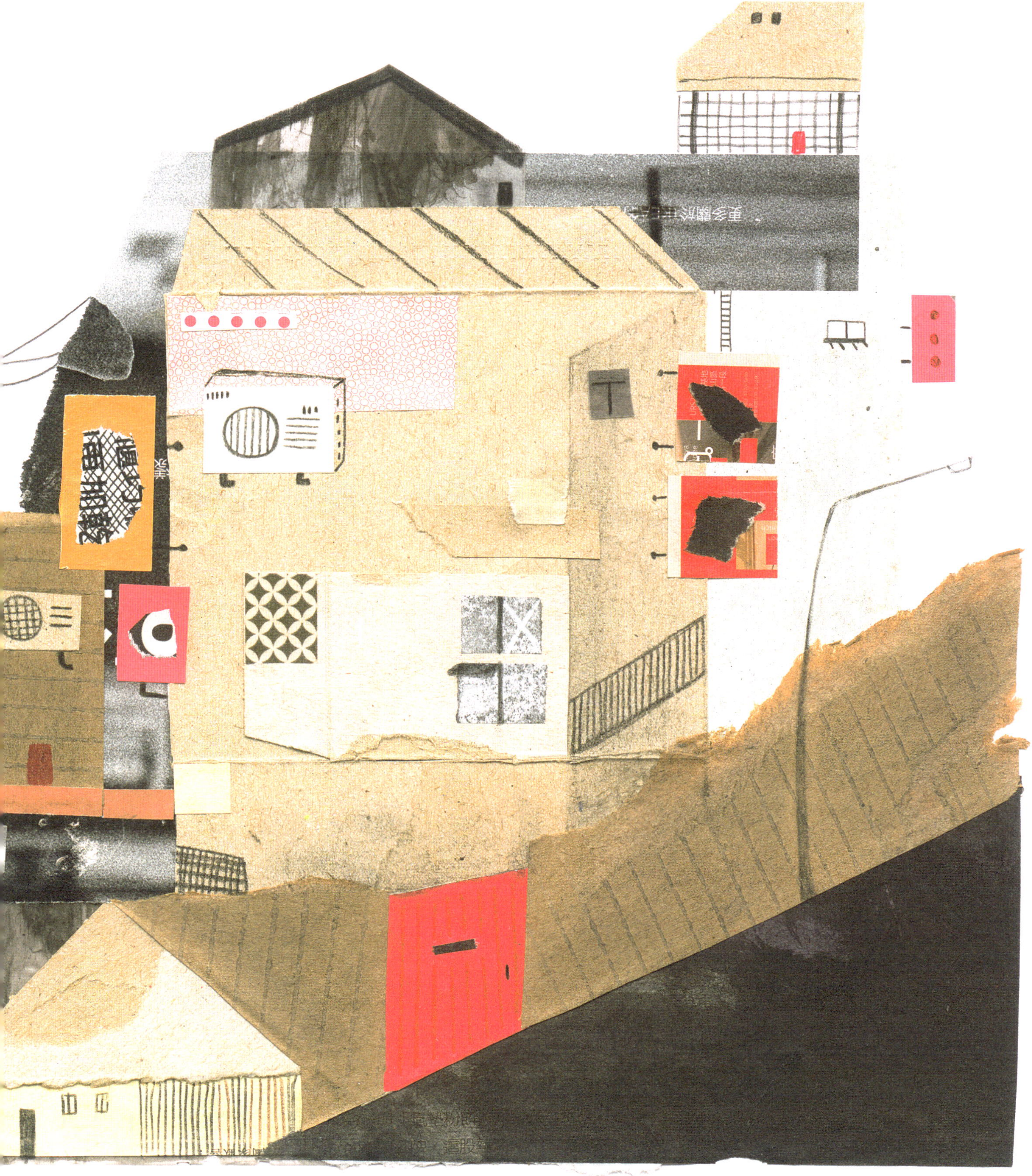

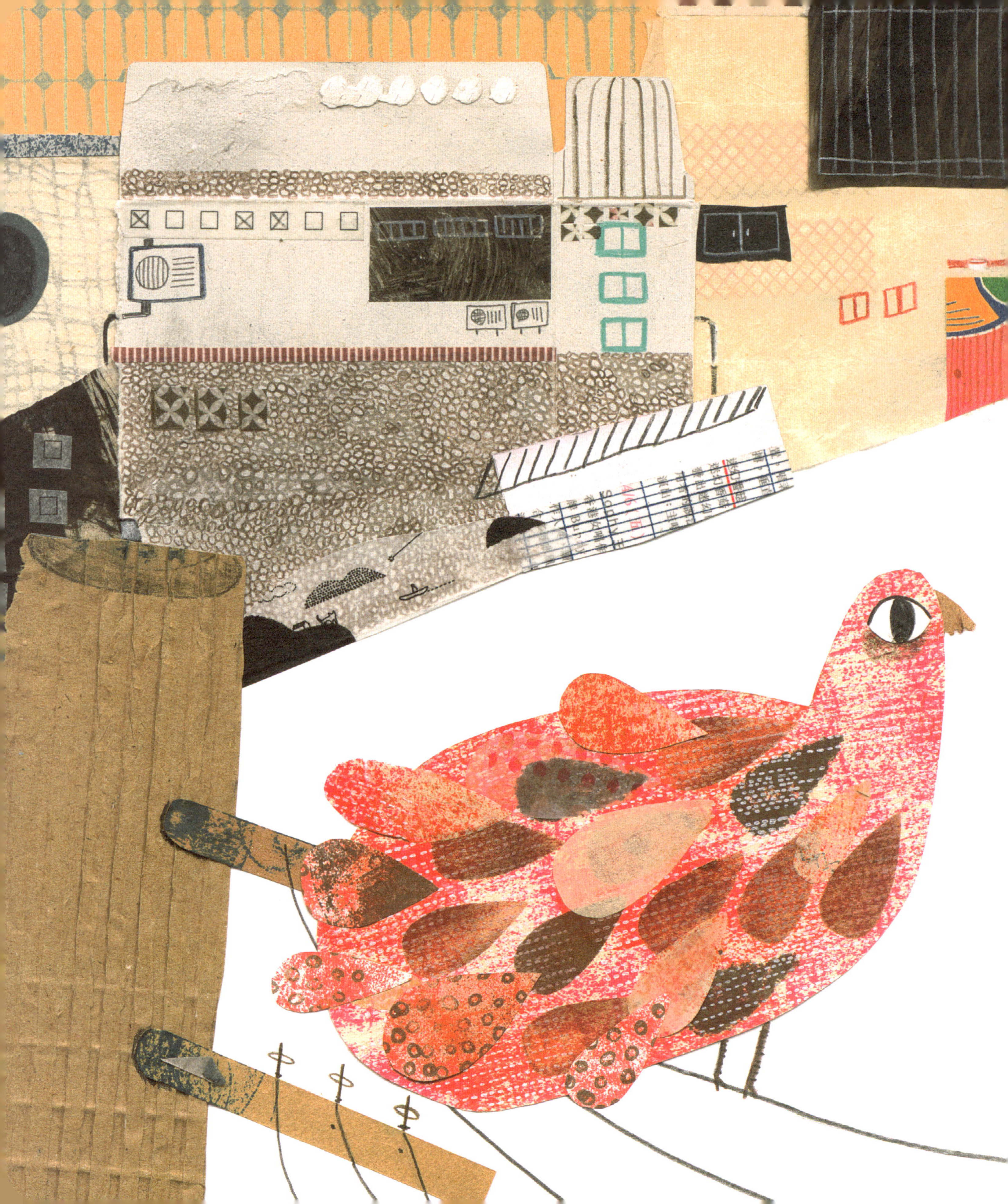

TODOS OS DIAS, PARTIMOS DAQUI.

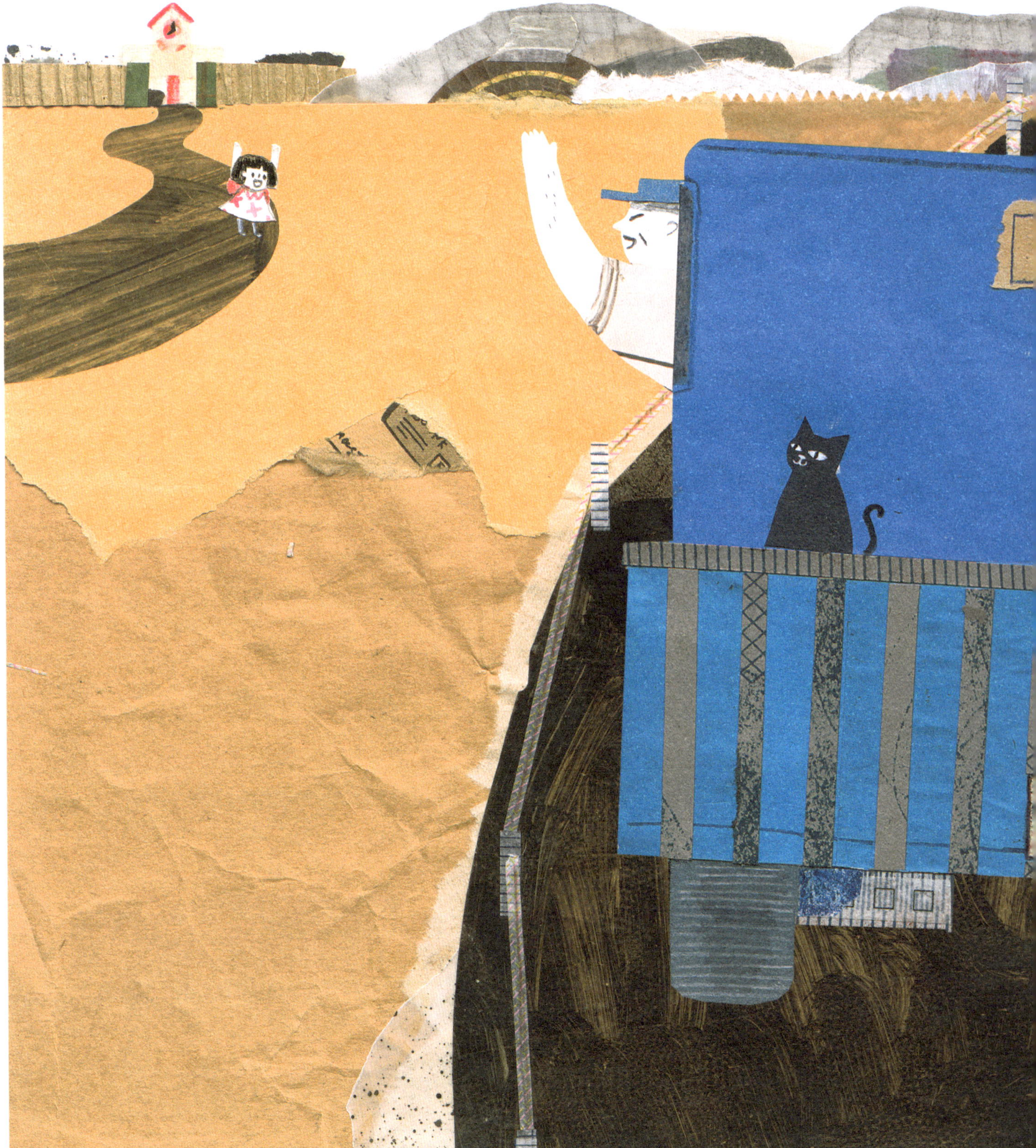

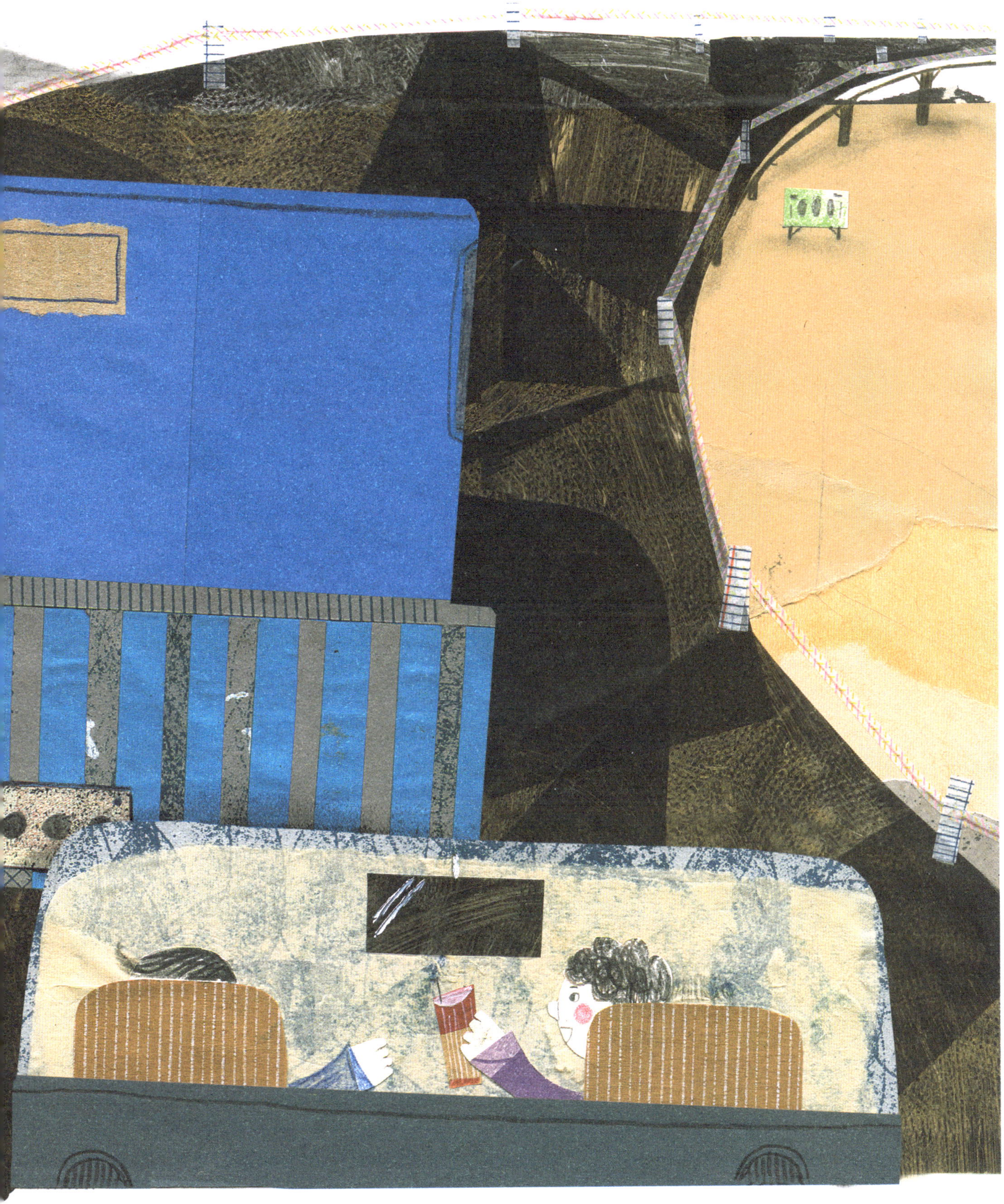

EU TAMBÉM VOU JUNTO.

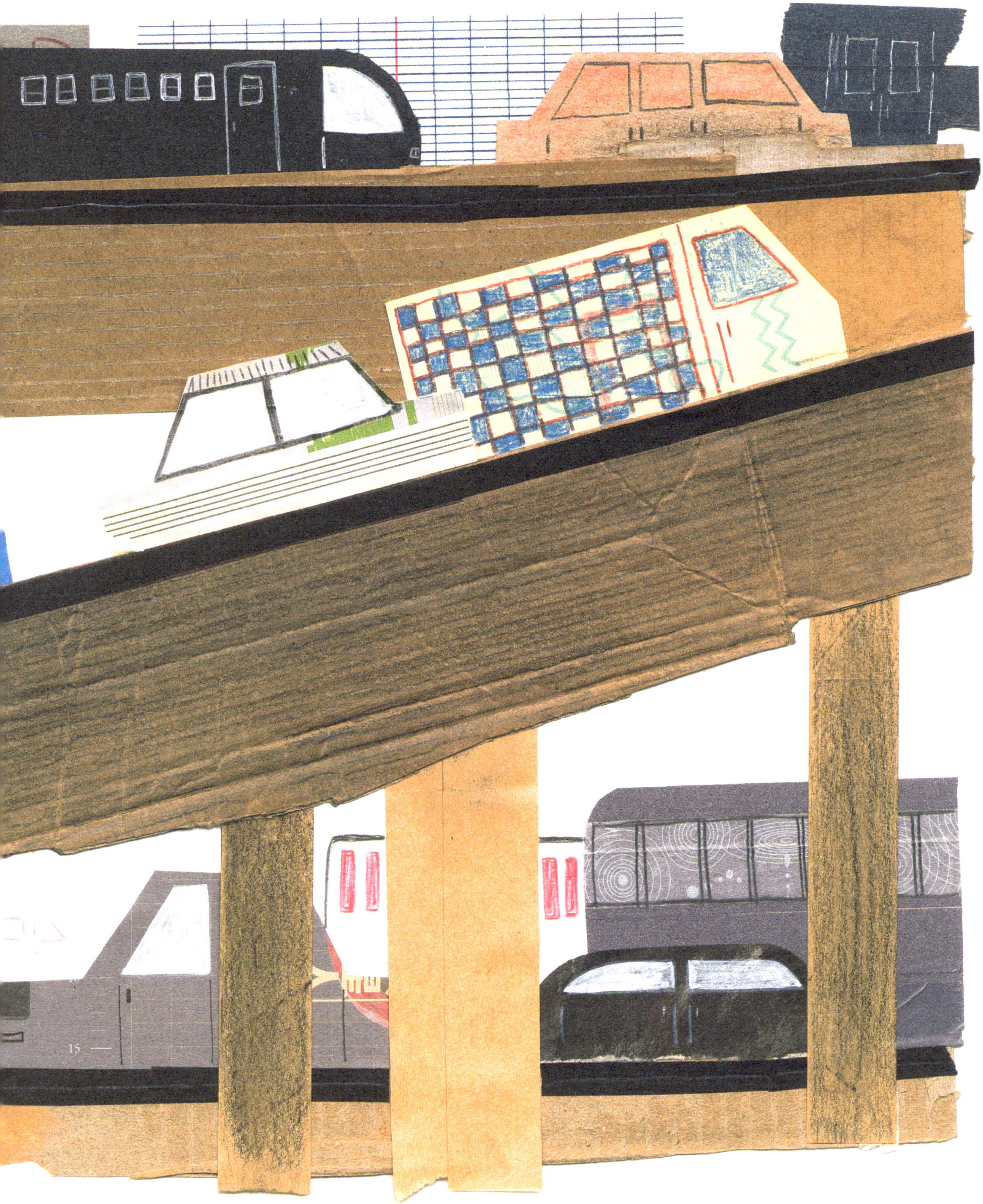
15

SEGUIMOS DIRETO POR ESTA RUA...

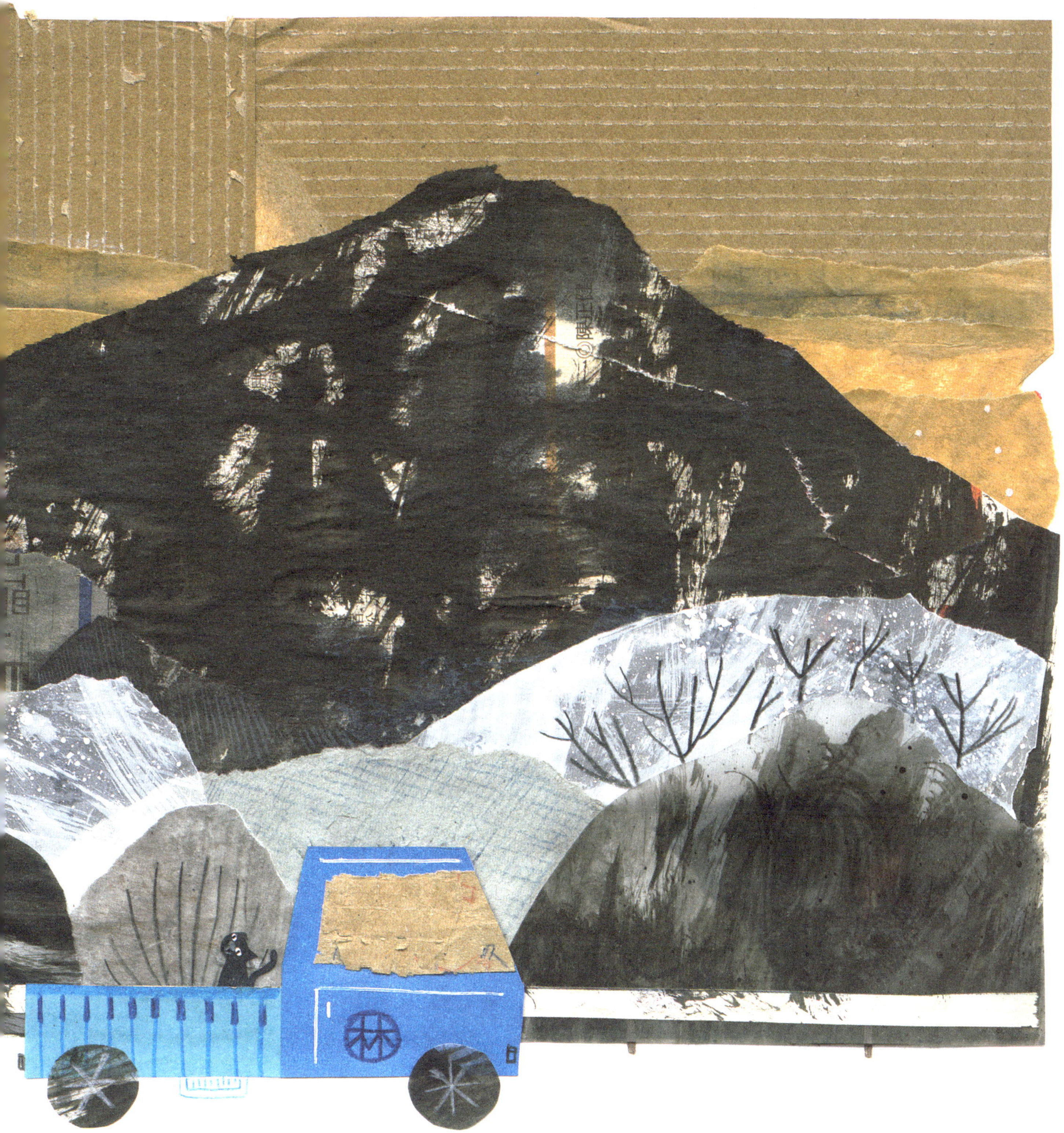
林

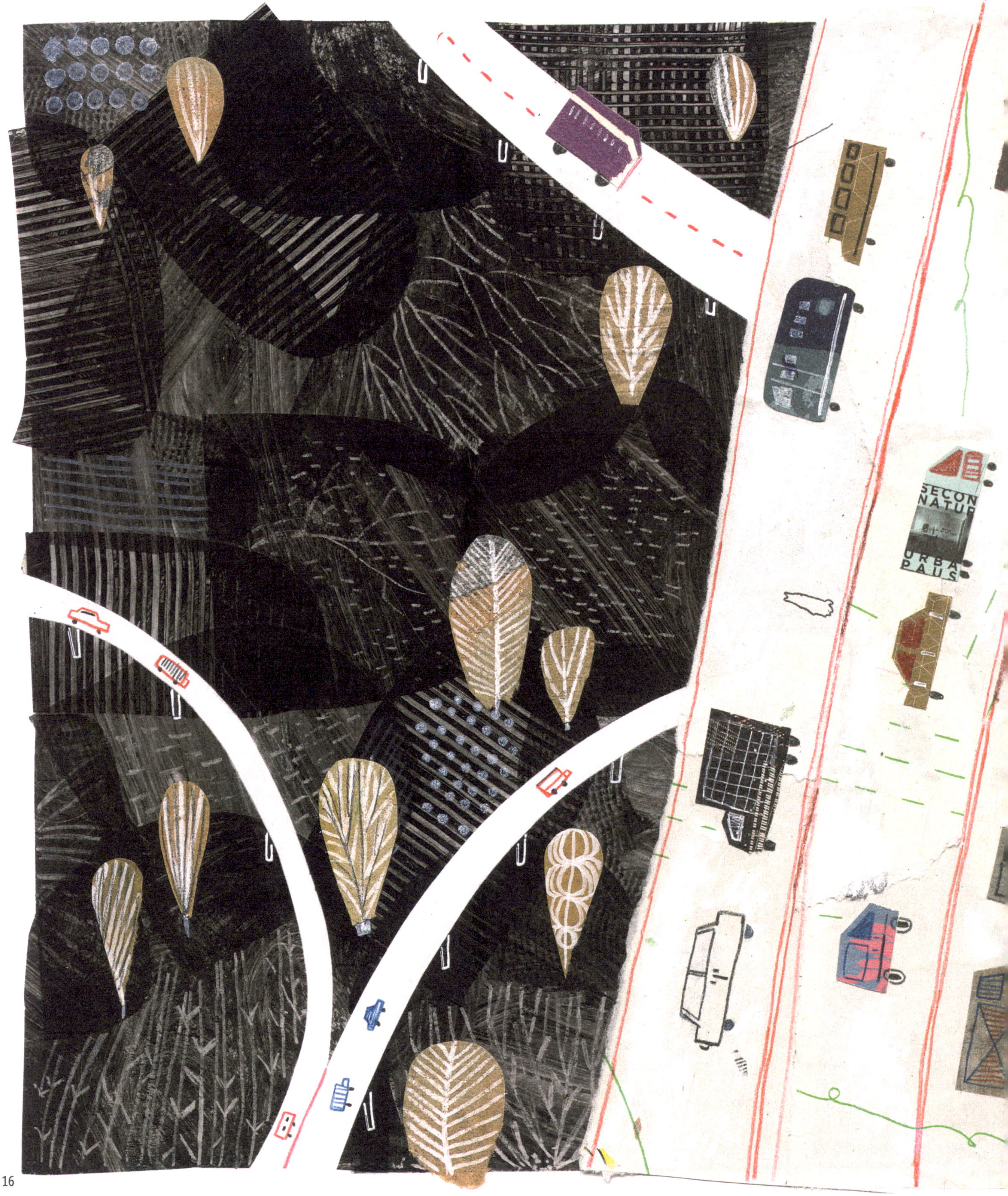
SECON
NATUR
URBA
PAUS

ATÉ A PRÓXIMA RUA.

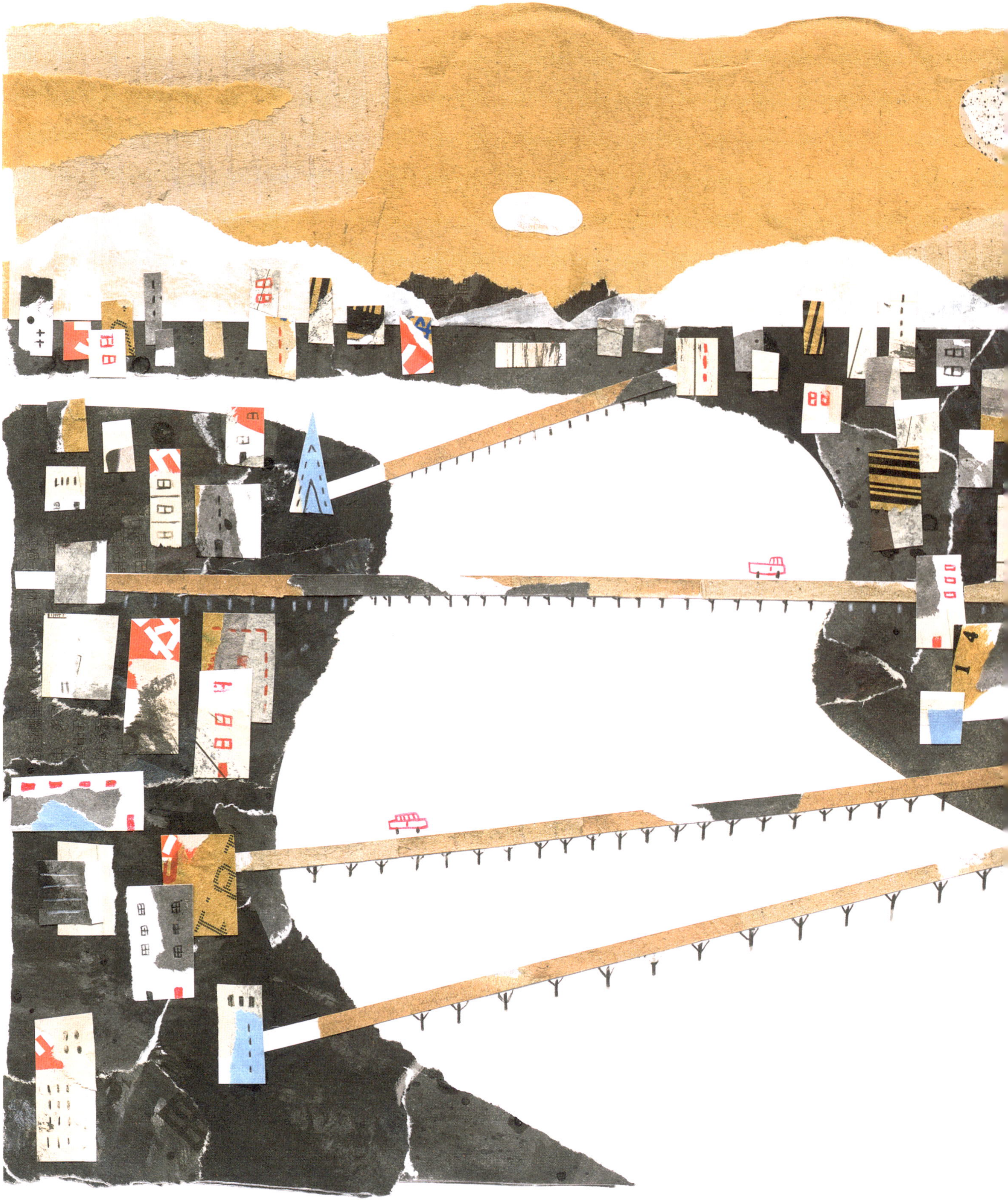

ESTE É O LUGAR ONDE VIVEMOS.

EU VOU SEGUINDO O CAMINHÃO AZUL... **BLUM, BLUM, BLUM.**

VEJO OS GALHOS DAS ÁRVORES BALANÇANDO AO VENTO.

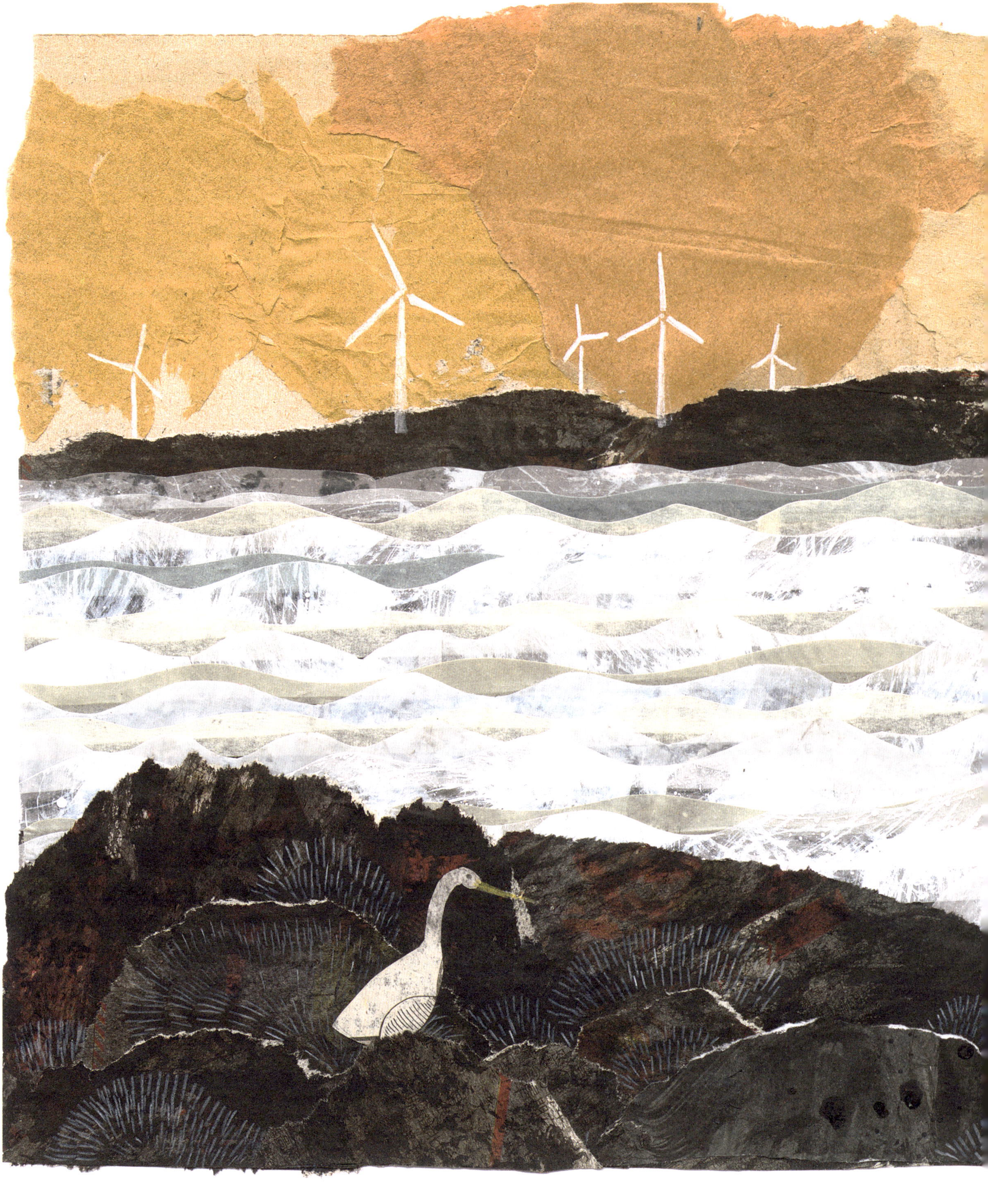

OUÇO O SOM DAS ONDAS QUEBRANDO.

VEJO O SOPRO DO VENTO TRAZER A COLHEITA DO OUTONO.

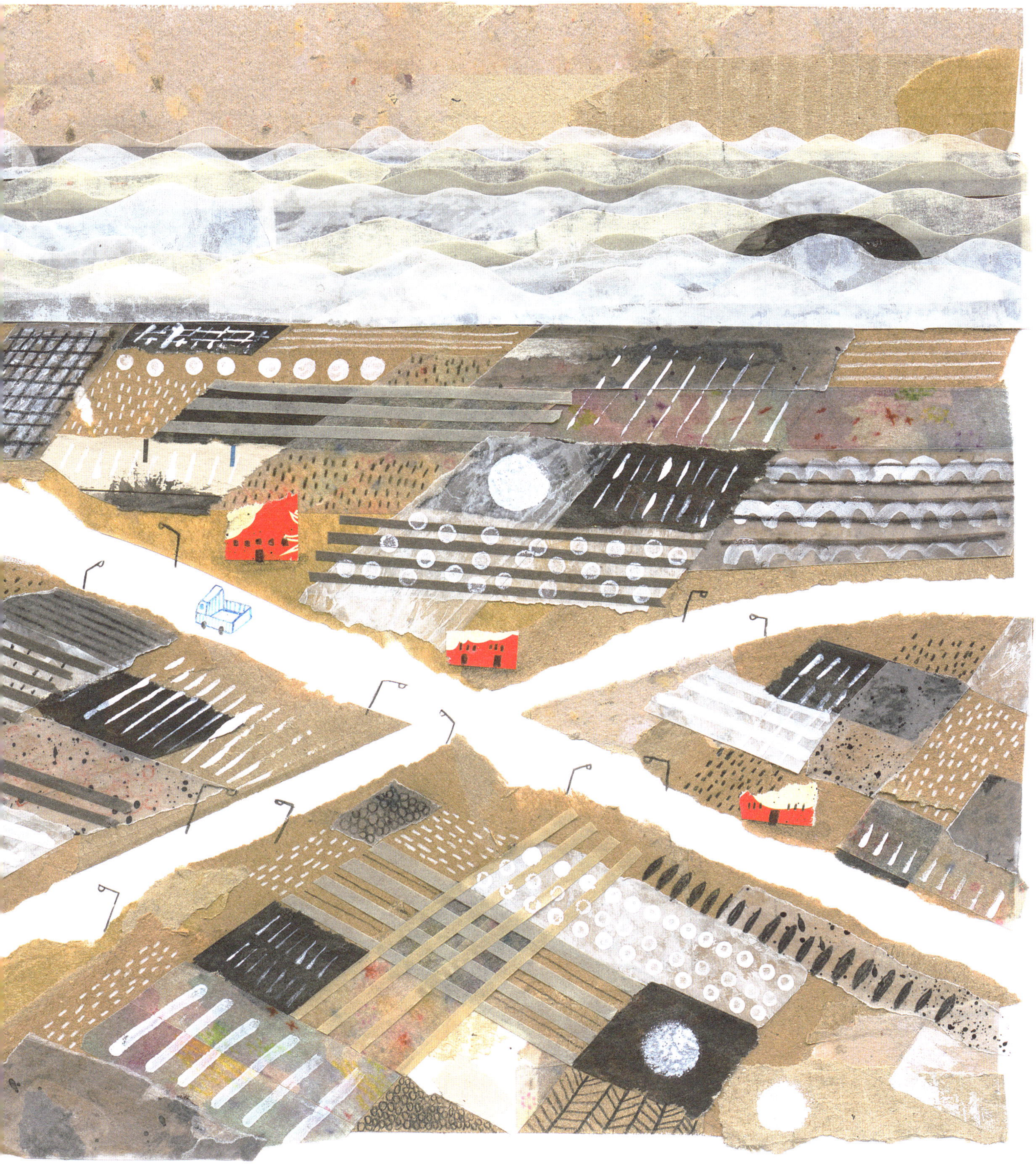

PARAMOS PARA FAZER ALGUNS TRABALHOS.

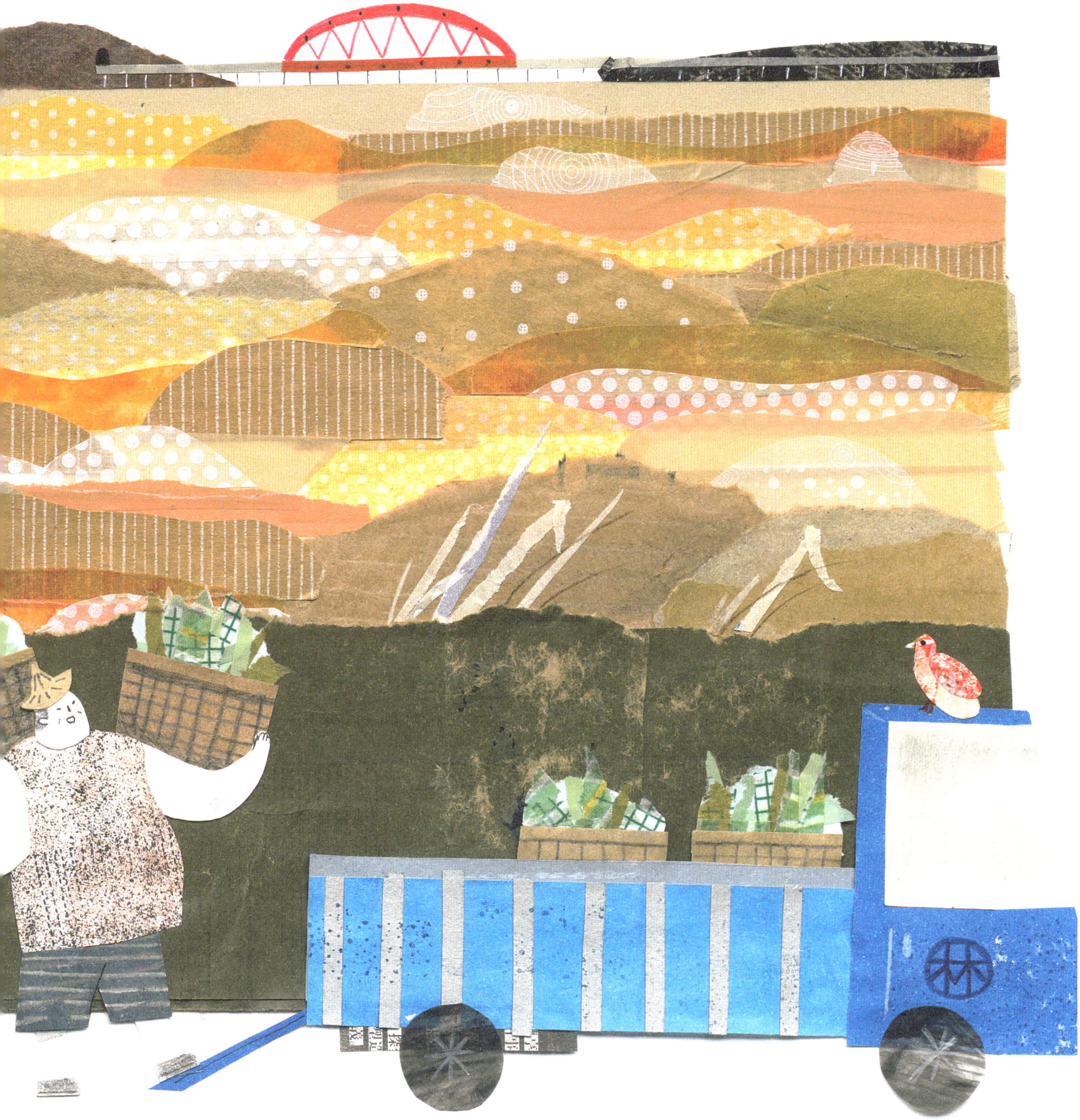

NORTE →

ENTÃO SEGUIMOS... **BLUM, BLUM, BLUM**... FEITO CRIANÇA PULANDO

NO CAMINHO DE VOLTA PARA CASA.

31

NÃO IMPORTA AONDE VAMOS,

29x23

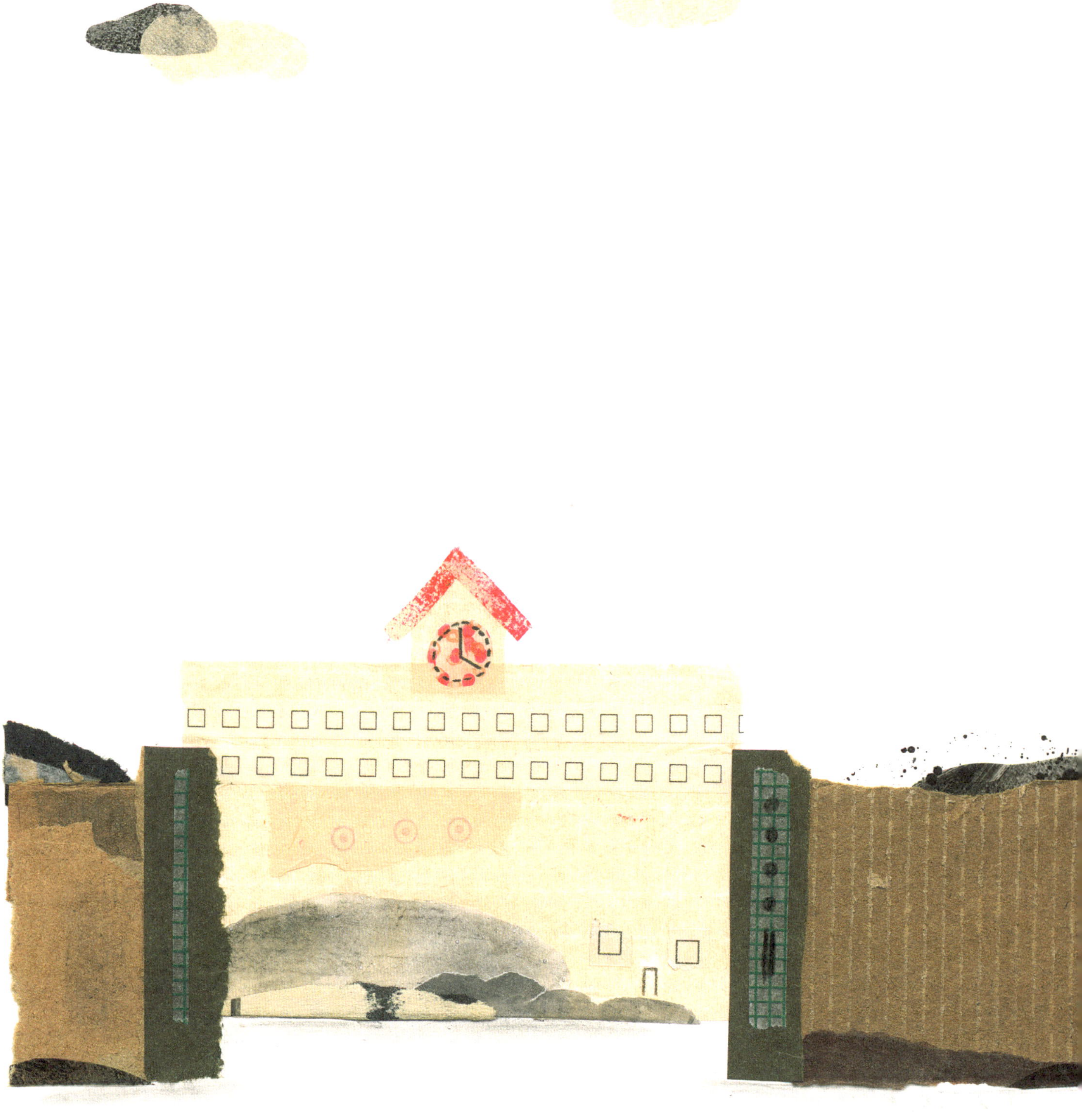

35

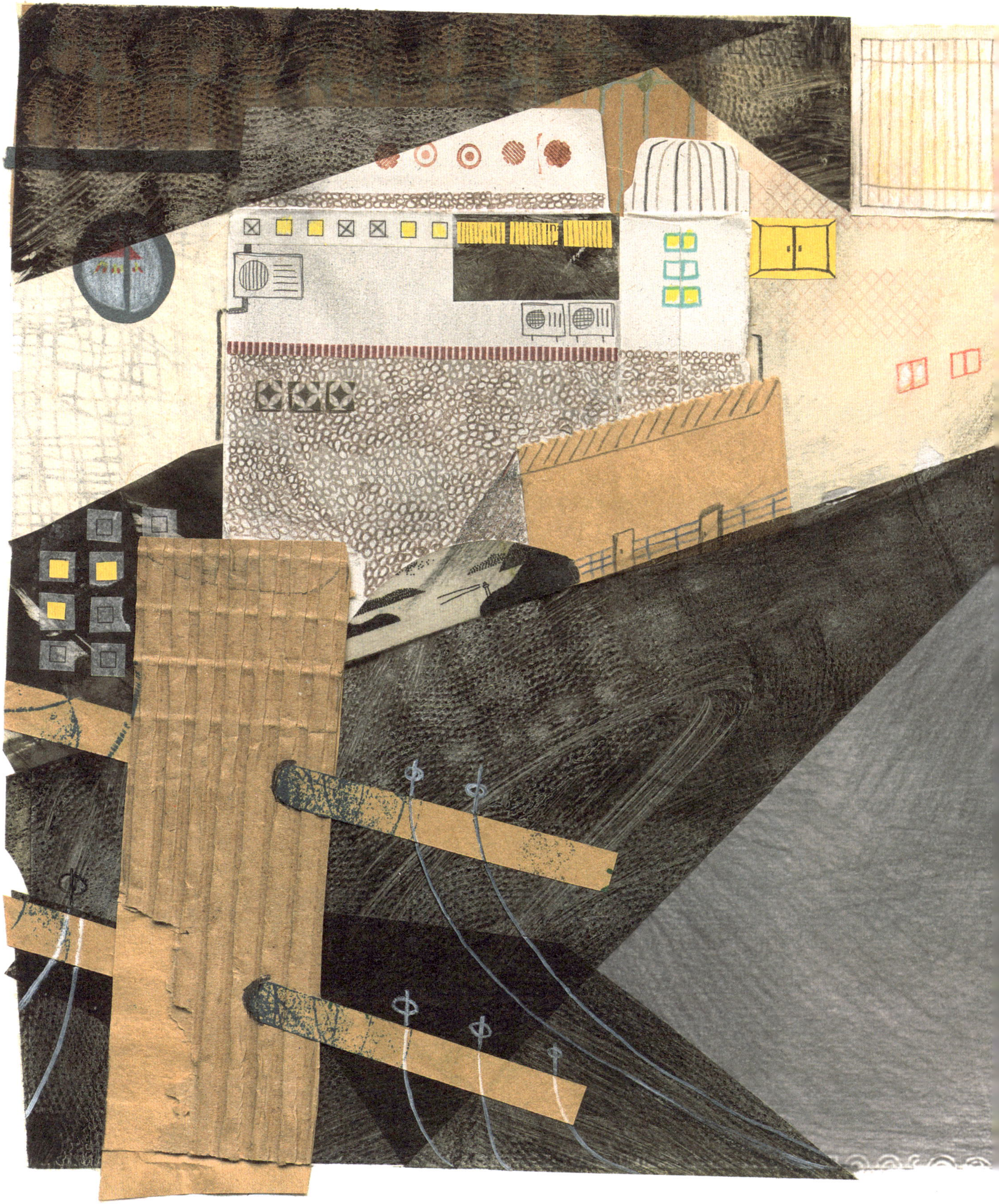

NO FIM, SEMPRE RETORNAMOS AO LUGAR DE ONDE PARTIMOS.

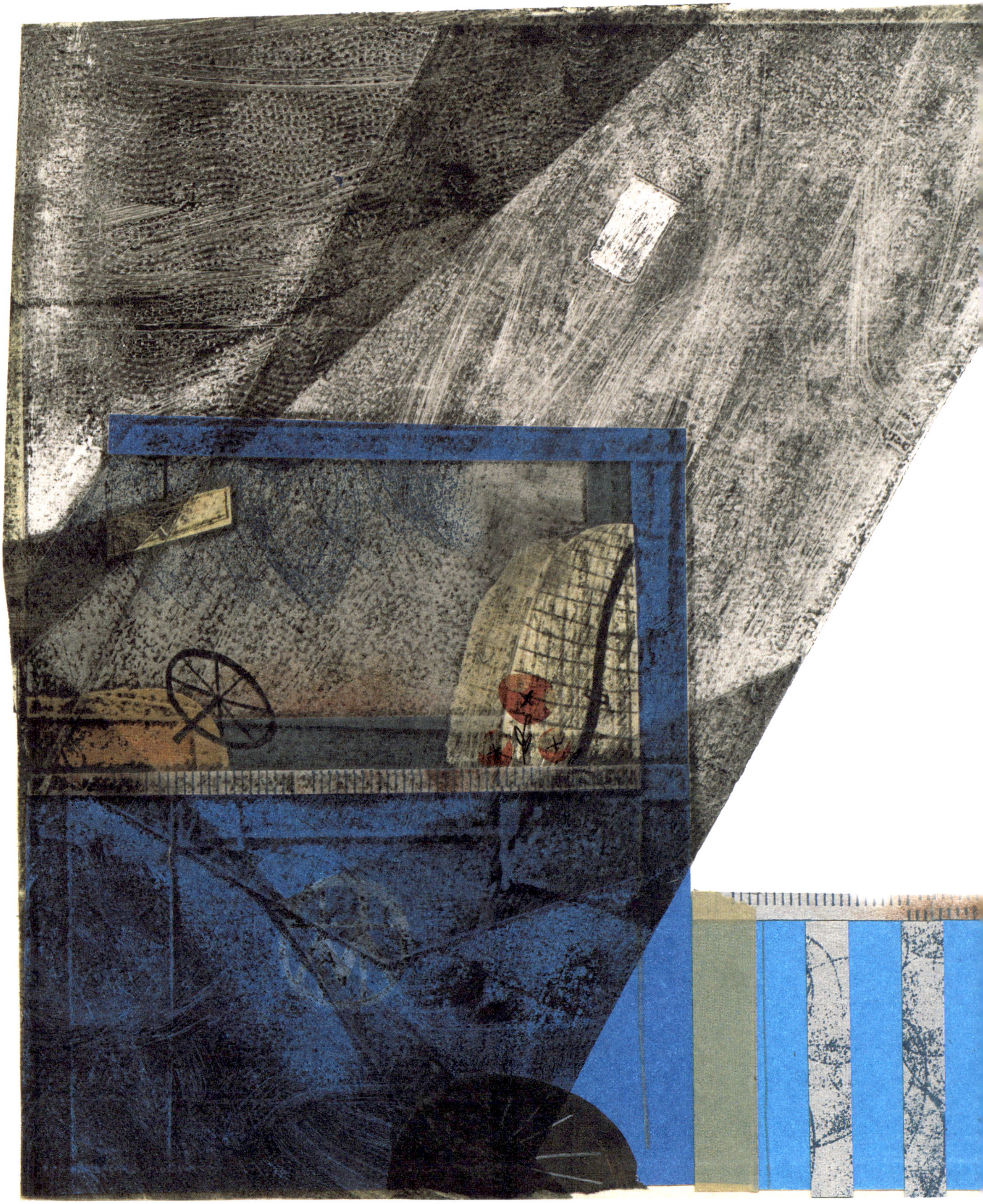

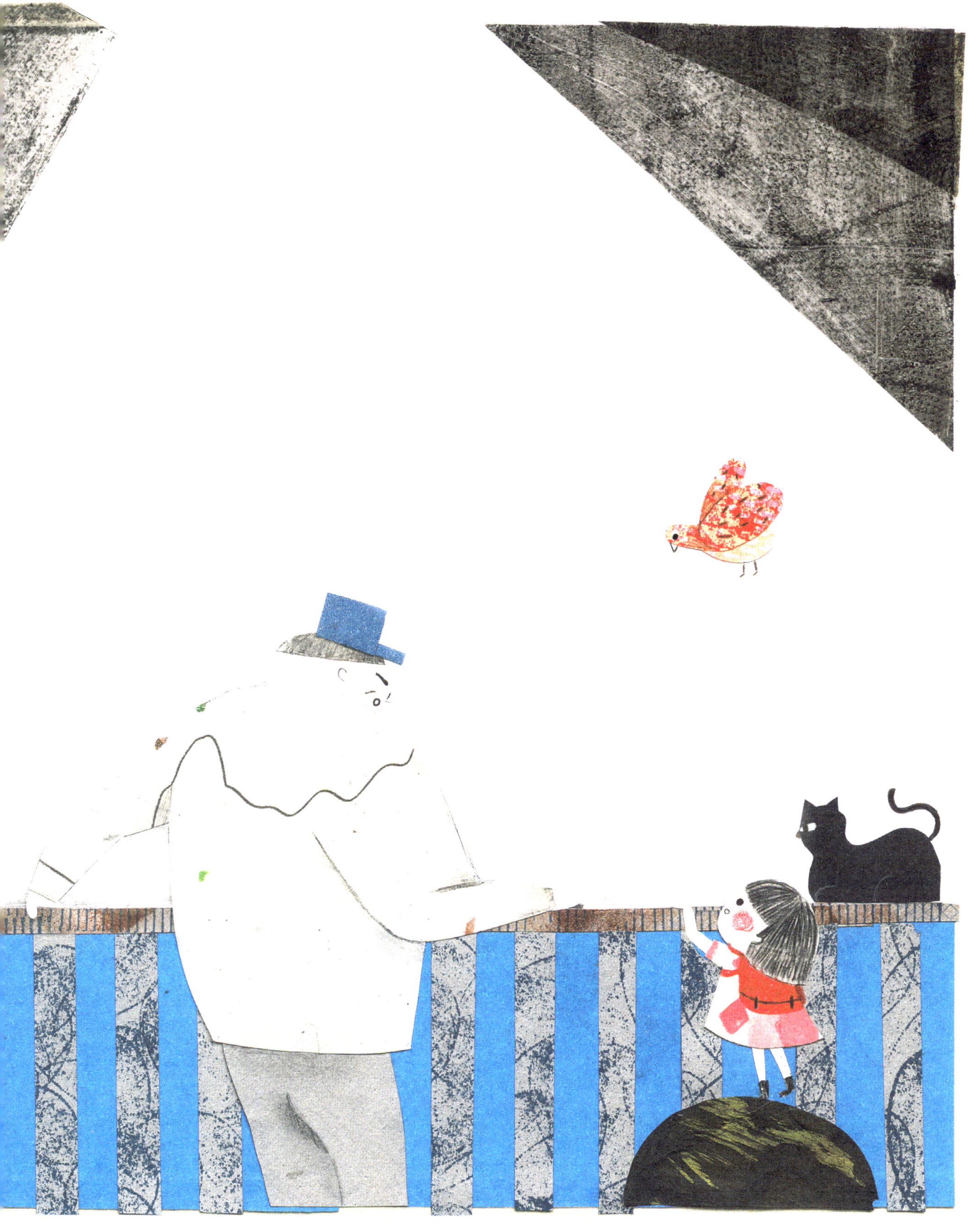

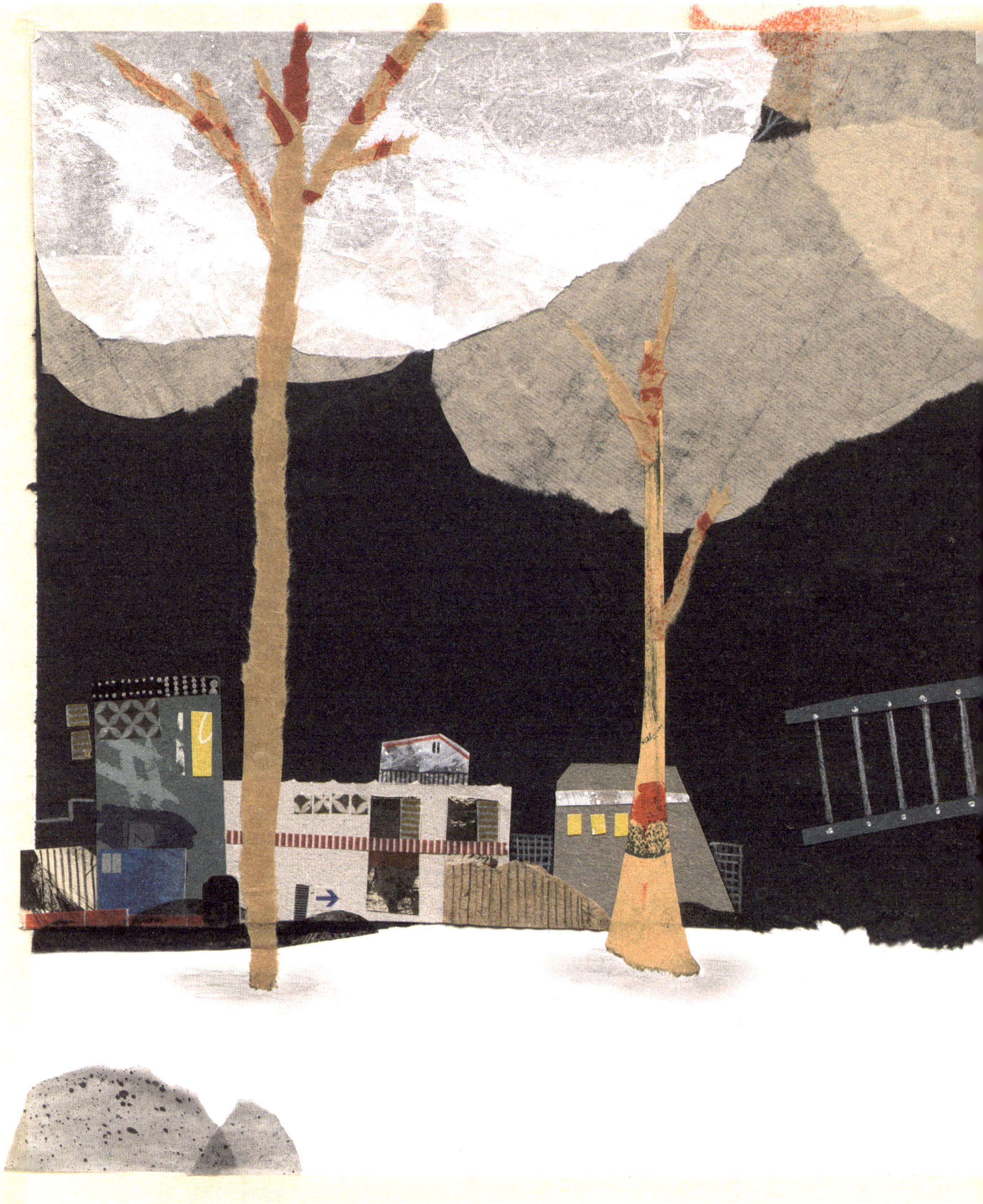

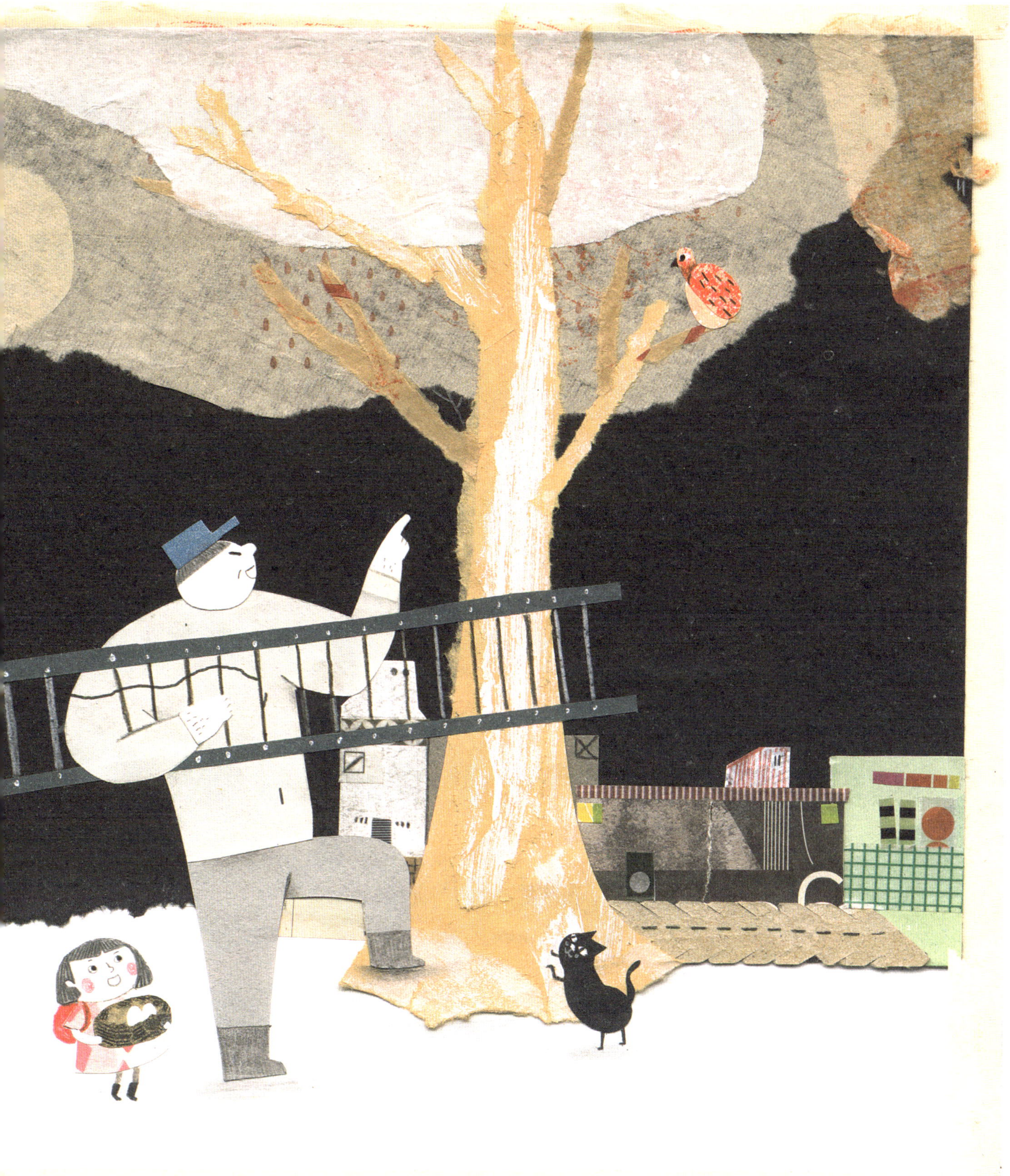

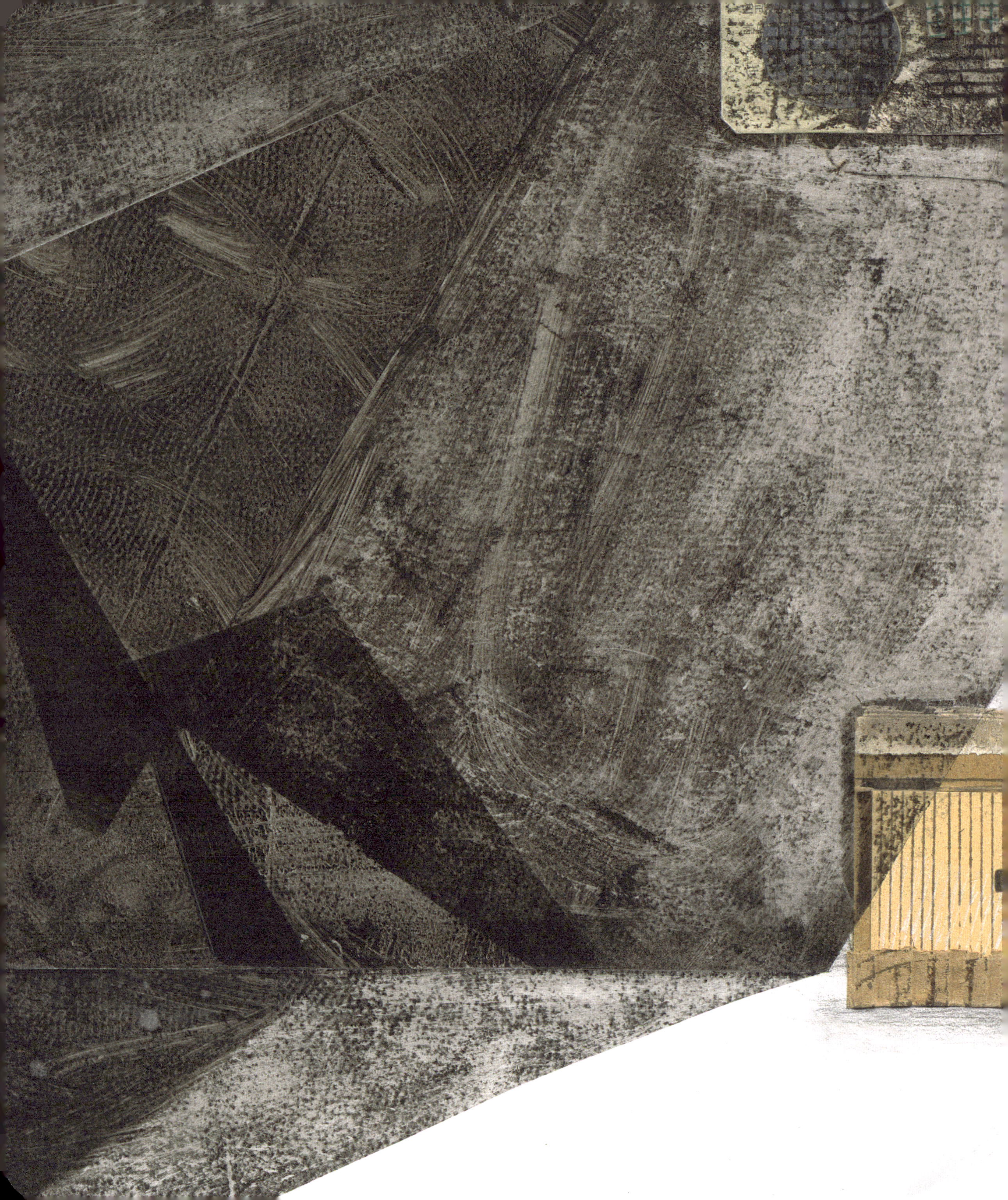

O NOSSO LAR.

SOBRE A OBRA

O NOSSO LAR É O LUGAR MAIS FAMILIAR E NOSTÁLGICO PARA NÓS. SEJA ELE UMA "CASA" DE VERDADE, SEJA A CIDADE OU A TERRA ONDE NASCEMOS E CRESCEMOS. NÃO IMPORTA PARA ONDE VAMOS, SABER QUE ALI ESTÁ O NOSSO LAR, NOS DÁ A SEGURANÇA DE QUE TEMOS UM LUGAR PARA ONDE PODEMOS RETORNAR, NOS RECOMPOR, E ENTÃO SEGUIR PARA A PRÓXIMA JORNADA.

ESTE LIVRO ORIGINOU-SE DE CINCO ILUSTRAÇÕES DE PAISAGENS SELECIONADAS PARA A MOSTRA NA FEIRA DO LIVRO INFANTIL DE BOLONHA. EU JÁ TINHA AS ILUSTRAÇÕES, ENTÃO COMECEI A PENSAR NA HISTÓRIA. O PROTAGONISTA ERA UMA BOLHA SOPRADA POR UMA GAROTINHA. ERA A HISTÓRIA DA BOLHA PASSANDO PELOS LUGARES ATÉ FINALMENTE ESTOURAR. MAIS TARDE, PERCEBI QUE A HISTÓRIA ESTAVA BEM DIFERENTE DA INTENÇÃO ORIGINAL DA CRIAÇÃO DAS CINCO ILUSTRAÇÕES. EU ESPERAVA QUE A IDEIA DE LAR FOSSE MAIS CLARA, ENTÃO REESCREVI A HISTÓRIA: O PÁSSARO VERMELHO SEGUE O PAI E A FILHA QUE SAEM PARA O TRABALHO E PARA A ESCOLA TODOS OS DIAS, PASSANDO POR CENAS FAMILIARES AO LONGO DO CAMINHO. AO DESCOBRIR QUE O PÁSSARO VERMELHO O SEGUE, POIS SEU NINHO ESTÁ NO VEÍCULO, O PAI AJUDA A COLOCÁ-LO DE VOLTA À ÁRVORE, E ASSIM TODOS RETORNAM AO SEU REFÚGIO DE PAZ.

創作介紹

SOBRE A AUTORA

Lian LIN LIAN-EN

NASCIDA E CRIADA EM TAIWAN. DEPOIS DE FORMAR-SE NA UNIVERSIDADE, TRABALHOU COMO DESIGNER DE ARTE E DE PERSONAGENS EM UMA EMPRESA DE ANIMAÇÃO POR MAIS DE UM ANO. SÓ COMEÇOU A DESENHAR DEPOIS DE SAIR DA EMPRESA. É HABILIDOSA EM CRIAÇÕES COM ACRÍLICO, GIZ DE CERA À BASE DE ÁGUA E COLAGENS. OS TEMAS DE SUAS OBRAS SÃO PRINCIPALMENTE SOBRE SEUS SENTIMENTOS OU EXPERIÊNCIAS DE VIDA. ADORA ILUSTRAÇÕES INFANTIS, CACHORROS E GATOS, COISAS ANTIGAS, TROVOADAS À TARDE E FILMES. GANHADORA DO PRÊMIO DE ILUSTRAÇÃO CONTEMPORÂNEA PELA REVISTA NORTE-AMERICANA *3X3*, EM 2014. E, COM *NOSSO LAR*, RECEBEU O PRÊMIO DE LIVRO DE FICÇÃO NA FEIRA DO LIVRO INFANTIL DE BOLONHA, EM 2021.

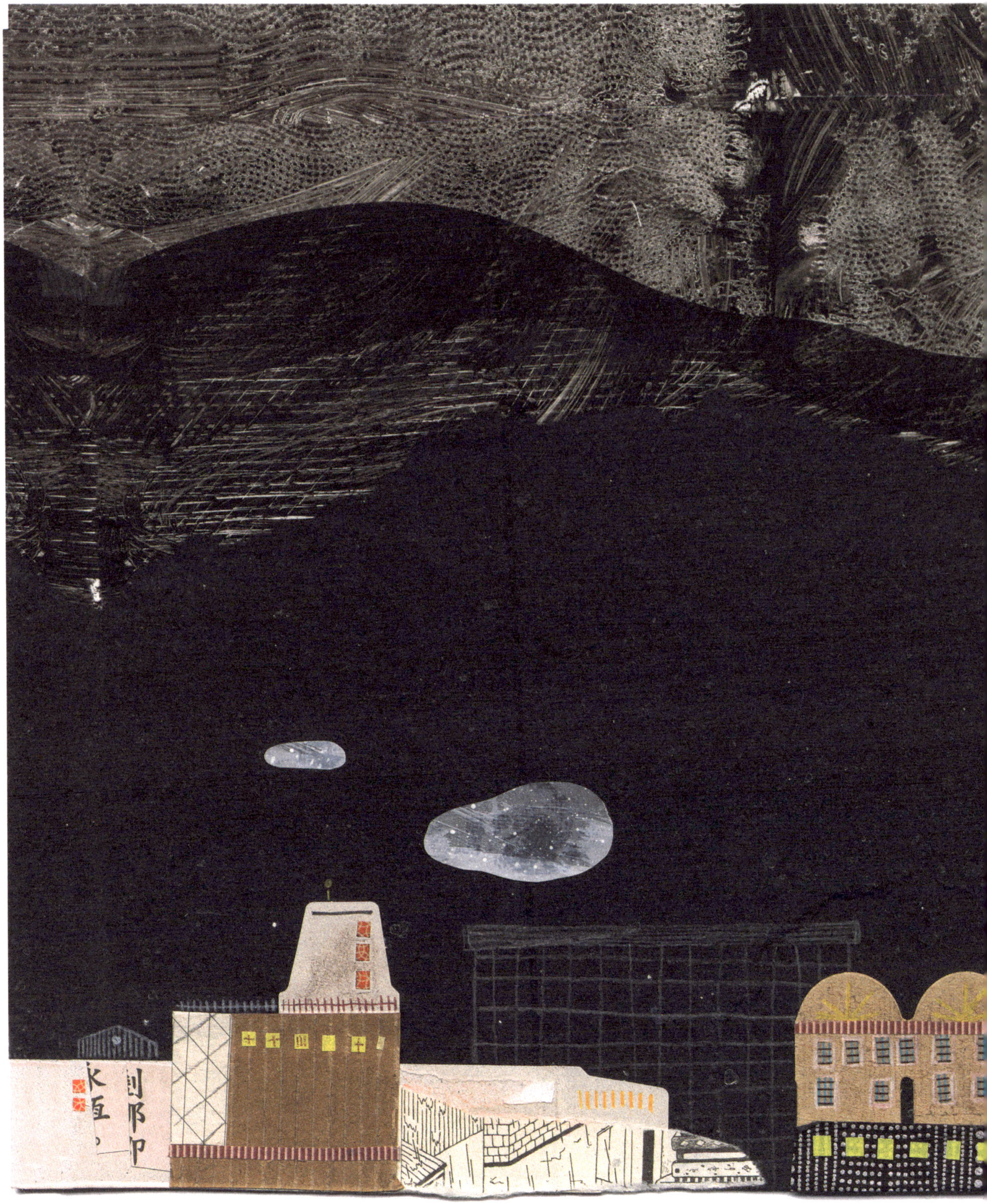

物被丟進垃圾桶阿

Esta obra foi publicada originalmente em mandarim com o título HOME.

© 2020, 林廉恩 (Lin, Lian-En)
© 2022, Editora WMF Martins Fontes Ltda., São Paulo, para a presente edição.
Publicado por acordo com a Yes Creative Ltd./ PaPa Publishing House através de Chiara Tognatti e BARDON CHINESE CREATIVE AGENCY LIMITED.

Todos os direitos reservados. Este livro não pode ser reproduzido, no todo ou em parte, armazenado em sistemas eletrônicos recuperáveis nem transmitido por nenhuma forma ou meio eletrônico, mecânico ou outros, sem a prévia autorização por escrito do editor.

1ª. edição 2022

Tradução
Verena Veludo
Revisões
Helena Guimarães Bittencourt
Diogo Medeiros
Produção gráfica
Geraldo Alves
Paginação
Gisleine Scandiuzzi

Dados Internacionais de Catalogação na Publicação (CIP)
(Câmara Brasileira do Livro, SP, Brasil)

Lian-En, Lin
   Nosso lar / escrito e ilustrado por Lin Lian-En ;
[tradução Verena Veludo]. -- São Paulo : Editora WMF
Martins Fontes, 2022.
   Título original: Home
   ISBN 978-85-469-0375-7
   1. Literatura infantojuvenil 2. Livros ilustrados para crianças
I. Título.

22-107910   CDD-028.5

Índices para catálogo sistemático:
1. Livros ilustrados: Literatura infantil   028.5
2. Livros ilustrados: Literatura infantojuvenil   028.5

Cibele Maria Dias – Bibliotecária – CRB-8/9427

Todos os direitos desta edição reservados à
Editora WMF Martins Fontes Ltda.
Rua Prof. Laerte Ramos de Carvalho, 133 01325-030 São Paulo SP Brasil
Tel. (11) 3293-8150 e-mail: info@wmfmartinsfontes.com.br
http://www.wmfmartinsfontes.com.br